Markus Daumüller

Der Hirtenjunge

Bibliographische Information der Deutschen Nationalbibliothek. Die Deutsche Nationalbibliothek verzeichnet diese Publikation in der Deutschen Nationalbibliografie. Detaillierte bibliografische Daten sind im Internet über dnb.dnb.de abrufbar.

TWENTYSIX

Eine Marke der Books on Demand GmbH

© 2021 Markus Daumüller

Herstellung und Verlag:

BoD - Books on Demand, Norderstedt

ISBN: 9783740786977

Der Hirtenjunge

Easons Familie lebte in dem Gouvernement Basra. Sie wohnte nah des Persischen Golfs und war traditionell. Sie hielten Schafe und verdienten damit ihren Lebensunterhalt. Während des Kriegs waren sie geflohen nach Deutschland, Frankfurt am Main. Dort stieg Eason aus dem Zug, mitten in diese getriebige Stadt zwischen Glitzer und Abgrund, zwischen Reichtum der Banken und dem Reiz des Verbotenen. Den Bahnhof bevölkerten Verlorene oder Konsumkinder, deren Leben aus Zocken, Turnschuhen und Kiffen bestand. Eason war jung, als er merkte, dass sein Herz Männern und Jungs gehört. Er war ein sentimentaler Einzelgänger, der zwischen seinen Gefühlen und seiner Herkunft hin- und hergerissen war. Innere Einsamkeit war sein

Lebensgefühl. Später hatte er Routinen entwickelt. Frankfurt war eine Stadt voller Unterwelten. Die Konstabler Wache, die Alte Gasse, all die verbotenen Orte, Kneipen voller Männer, die trostlos und rauchend aus ihrem Leben fliehen wollten. Es waren Welten voller Zauber und Magie, aber aus der Sicht eines bürgerlichen Lebens konnte man gar nicht tiefer fallen. Hier sammelten sich die Gestrandeten, Sexhungrigen und bunten Drag Queens. In den Bars lief Schlagermusik oder Evergreens der 80er Jahre. Bei Dunkelheit knisterte es in den Straßen. Alle waren auf der Jagd nach dem Wagnis ihres Lebens, Familienväter, Staatsanwälte, Stricher. Im Bermudadreieck trafen Leute aufeinander, die sich im wahren Alltag nie begegnet wären. Sie tauchten ein in eine Atmosphäre voller Kitsch und Verheißung. Die Leere war übermalt mit Faszination, das war ja die Tragik all der skurrilen Figuren: Sie wussten nicht, ob ihre Begierde zu ihrem Leben gehört oder eine Verstörung ihrer biographischen Konventionen darstellt. Sie dachten, es sei Befreiung. Eason ging in die Krowollschachtel, die Kneipe von Ralf. Ralf war Ende 60, ein Spielunkenwirt alter Schule, der mit seiner von Hochprozentigem geprägten Stimme die Gäste bediente. Die Einrichtung war schlicht, einige ältere Herren saßen um den Tresen und tranken Schnaps, Ralf erzählte Geschichten aus dem Leben. Auf einem Tisch tanzte ein osteuropäischer Stricher enthemmt und enthusiastisch. Spannende Behaglichkeit lag in der Luft, die Verruchtheit hatte etwas Schmutziges an sich. Es war eine Unterwelt, aber sie war frei von Diskriminierung. Erotische Bedürfnisse unterscheiden nicht nach Ethnie oder Herkunft. Insofern war die mentale Befreiung wahrhaftig, obwohl man sich in einem Welten-Gefängnis befand.

Eason setzte sich auf eine stoffbezogene Eckbank und bestellte einen Kaffee. Blicke musterten ihn, sie durchbohrten seinen Körper. Das Liberale dieses Ortes gefiel ihm, aber Menschen wurden auf ihr Äußeres reduziert. Spannung und Fleischbeschau ergoss sich aus allen Blicken. Trotzdem ließ die Insel vom Alltagskrieg soziale Rollen verblassen. Hier war jeder gleich. So kam es vor, dass Stricher mit Richtern, die sie verurteilt hatten, Sex machten. Eason scannte die lachenden Gesichter, die Small Talk Szenen, die Einsamen. Er beobachtete die übertriebene Freundlichkeit, mit man sich begegnete. Das Aufgesetzte und die Reduktion waren zwei Seiten einer Medaille, und obwohl jeder gleich war, war es nicht echt. Es war eine künstliche Welt, in der Gefühle nur Theater blieben. Ein Mann Ende 50 fragte, ob er alleine sei, dann setzte er sich neben ihn. Wie viel war es wert, seine Reinheit zu verkaufen? Gegen seine Religion zu verstoßen? Die traditionellen Erwartungen zu verleugnen? Schmutz gegen Geld, es war ein Geschäft, und der Respekt seiner Kunden wog den Tabubruch nicht auf. Und doch gefiel es Eason, begehrt zu werden. Seine Kommilitonen jobbten an Tankstellen oder schleppten Kisten im Getränkemarkt. Er bekam 150 Euro für sein eigenes Plaisir. Die älteren Männer waren sehr spendabel, doch sein Herz gehörte den jungen Studenten, die neben ihm die Vorlesungsbank drückten. Lange war er im Unreinen mit seinem inneren Kompass. Homosexualität kannte er nur aus westlichen Filmen. Die Ästhetik, die Sucht der Lust, der Respekt, der ihm als Objekt widerfuhr, das alles war ein intensiver Vulkan. Es war ein unvorstellbares Abenteuer, das die Krallen seiner Herkunft erschöpfte. Seine Gefühle fuhren Achterbahn, eine Mondlandung, die leuchtete, obwohl der Staub sie verhängte. Auch wenn es Schmutz war, machte es ihn glücklich. Endorphine wirkten wie in einem intensiven Rausch.

Einst hatte er die Schafe seiner Eltern gehütet. Er war ein Gefangener der Tradition. Sein vorherbestimmtes Leben war ihm schon in jungen Jahren grau und trist erschienen. Das soziale Gefängnis der Alten Gasse war insofern ein Freizeitpark. Eason hatte nie verstanden, warum Religion und Tradition über Gefühle richten. Seine heimliche Sehnsucht war zwischen den Schafen verblasst. Als er am Bahnhof in Frankfurt ausstieg, krochen ihm all die Gerüche von Essen und Urin in die Nase. Er spürte, dass der goldene Boden mit einem Makel behaftet war, der darunter empor schimmelte. Es war der Ort der europäischen Zivilisation, doch ihre Brüche benebelten die Sinne und riefen Ekel und Neugier gleichermaßen hervor. All die Drogenjunkies und

Obdachlosen zwischen den sauberen Geschäftsleuten ließen ihn denken, hier gäbe es viele schwarze Schafe. Dabei war er selber eins. Gestrandet auf einer Insel der dunklen Schicksale, machte er sich auf, die Szenen am Bahnhofsgelände zu inspizieren. Sein Verlangen nach Verbotenem war orgiastisch, die Ecken dieser verkommenen Welt, der Dreck zwischen den Marmorsteinen, und überall verhandelten Menschen über illegale Geschäfte. Das war reizvoll und gefährlich zugleich. Seine langweilige Erfahrung dürstete nach Chaotischem und Verpöntem. Und obwohl er sich mit seinem Makel angekommener fühlte als nie zuvor, war er dennoch verstört. Er konnte nicht verstehen, dass der freie Fall, anders als in seinem Dorf, im zivilisierten Europa so massenhaft menschliche Existenzen ruinierte. Er staunte über die Fassade. Aber er staunte und war noch mehr fasziniert über die Abgründe, die sich dahinter auftaten. Homosexualität war nichts dagegen, eine andere Form der Liebe, belanglos. Warum sie in seinem Heimatland das soziale Aus bedeutete, konnte er nicht verstehen.

Er bestellte bei Ralf noch einen Kaffee. Ihm war ein feinsinnig wirkender älterer Herr aufgefallen, der unsicher wirkte. Als ob er eine Lüge lebendig werden lässt, sich aber dem Spiel mit dem Teufel nicht gewachsen fühlte. Als ob er seine Seriosität aufs Spiel setzte. Eason sprach ihn an, ob er Abwechslung suche, und er wurde verlegen. Sie gingen zu seinem Auto und fuhren davon. Es war für Eason ein Tanz auf dem Vulkan, er verkaufte seine Intimität, aber er war trotzdem der Boss mit all den Gestrandeten, die ihre Existenz riskierten und trotz ihrer Lebenserfahrung in Schüchternheit versanken und verschämt blickten. Sie hatten Bedürfnisse nach Nähe, jemanden begehren und lieben zu können, so, wie es in ihrer Welt unmöglich war. So saßen sie im selben Boot und waren aufeinander angewiesen, trotz maximaler Unverbindlichkeit. Wer wen ausnutzte, der Reiche den Hirtenjungen oder der Junge das Begehren des sozial Starken, diese Frage brachte die Luft zum Brennen. Aber das war letztlich egal, weil sie sich außerhalb der sozialen Welt befanden. Hier zählten eigene Regeln, die Bedürfnisse, Gewinne, Ausnutzen und Nähe unter einen Hut brachten. Ausnutzen und Respekt war die Dichotomie, die verfing. Wenn Eason Geld in der Tasche hatte, ging er zu Mc Donald's und aß sich satt. Sein Studium der Elektrotechnik war der Tag, während das umtriebige Bermudadreieck seine Nächte füllte.

In einem Seminar hatte er Burak kennen gelernt, einen Jungen aus der türkischen Oberschicht. Sein Lächeln und sein sarkastischer Humor faszinierten Eason. Er hatte eine Schwäche für das

Spiel mit Bedeutungen, so stark, dass er sich in den Virtuosen verliebte. Burak liebte aber Frauen, und die unerwiderte Zuneigung schrie nach körperlicher Kompensation. Manchmal beschlich Eason die Vermutung, seine unerreichten Träume vergifteten den Alltag und suchten überall radikale Befriedigung. Er trieb sich im Bahnhofsviertel herum und atmete das geheime Verlangen, das die Gestalten mit sich umhertrugen. Er lief dann ziellos umher, suchte das schnelle Abenteuer. Wie eine hungrige Raubkatze fixierte er alles Jüngere. Er brauchte Abwechslung von seiner Rolle am Abend. Trotz seines Lebens am Abgrund ersehnte Eason konventionellen Erfolg. Er hängte sich rein in das Elektrotechnik-Studium, lernte manchmal bis nachts um drei und besuchte zusätzliche Seminare. Er war ehrgeizig. Er wollte ein anderes Leben als die Familie in seinem Dorf, einen gut bezahlten Job, ein

Auto, das Übliche. Die Tragik seines Antagonismus war, dass sein Kopf nach sozialem Kodex lechzte, aber sein Herz die Welt der Anpassung verachtete. Zerstreuung von dieser Zerrissenheit fand er in der Alten Gasse, die voll war von gespaltenen Persönlichkeiten, die ihr Dasein kaum aushalten konnten und sich der Brutalität einer unerfüllten Sucht hingaben.

Die Leere seiner Tage füllte er mit Ehrgeiz. Bei seinen Professoren genoss er großes Ansehen, seine Aufrichtigkeit und Ehrlichkeit, sein Engagement wurde geschätzt. Viele Kommilitonen kamen aus reichen Elternhäusern, fuhren einen teuren Wagen und bekamen die Zukunft geschenkt. Ihr mittelmäßiger Einsatz genügte, um über Beziehungen gute Jobs zu kriegen. Er hingegen hatte gar niemanden. Die Zukunft war sein Artefakt. Diese Erschwernis senkte die Hemmschwelle, seine Veranlagung zu nutzen für das richtige Leben. Seine Herkunft verlieh ihm einen Wertekompass, auf den er auch in dieser Welt zugriff: Ehrlich zu bleiben, sich anzustrengen und gewissenhaft zu sein. Es erstaunte ihn selbst, wie sie verinnerlicht waren und dass seine archaische Sozialisation ihm in dieser Unterwelt Halt gab.

Eason hatte eine schlanke Figur, fast schlacksig. Seine Ausstrahlung posaunte den Schalk hinaus, wie Lüsternheit hinter Glas. Wenn er bei Ralf in der Krowollschachtel saß, dachten alle, er wäre immer und überall auf schnellen Sex aus. Er wusste um seine Wirkung und spielte damit. Er trug Jeans mit Löchern und vermied teure Kleidung. Viele reservierte Freier standen darauf, jemanden aus der Gosse mitzunehmen. Das gab ihnen einen Kick der Überlegenheit, der innere Souveränität verlieh. Es war für ihn ein Leichtes, 600 Euro an einem Abend zu machen, und er erschrak sich darüber, dass seine Familie davon Monate leben musste. Es beschämte ihn, dass ihm der Tabubruch ein üppiges Auskommen sicherte. Seine Jugend war ärmlich, aber voller Glück. Die Weite der Landschaft öffnete ihm Horizonte der Sehnsucht. Er war behütet, aber er war vollkommen allein mit seinem inneren Chaos. Bilder von Kneipen und Cafés weckten sein Interesse nach einem anderen Lebensstil. Das Bohèmien-Dasein reizte ihn, er brauchte auch ein Image vor seinen eigenen Augen, das die Zerrissenheit glättete, eine Kunstfigur, an die er glauben konnte und die ihm Kraft verlieh. Diese Transzendierung hielt ihn über Wasser. Aber trotz der Erfüllung in der großen Metropole blieb diese Leere, die ihn verrückt werden ließ. Alles war flüchtig und beliebig, nichts war von Dauer. Das Unerhebliche hatte doch keinen Sinn. Das Sichtreibenlassen entwurzelte ihn zusehend. Er hatte in den vergangenen Tagen Burak eingeladen, seine Welt der Bars kennen zu lernen. Burak war klug und politisch versiert. Er kannte die Menschenrechtserklärung der Vereinten Nationen auswendig. Er besuchte Ausstellungen dadaistischer Künstler. In seiner Nähe fühlte sich Eason wie ein Hirtenjunge, aber er konnte auch teilhaben an Buraks Bildung. Burak war fasziniert von der lasziven Leichtigkeit, mit der Eason diese Szenen ertrug. Sein gesellschaftspolitisches Gespür wusste das, was abläuft, in Schubladen zu stecken. Ausnutzung war für ihn eine Niederträchtigkeit. Es war für ihn unvorstellbar, dass Freiwilligkeit der Grundstein für diese Welt war. Trotzdem wollte er verstehen, wie das funktioniert, mit einer Lüge aus dem eigenen biographischen Arrest davonzulaufen, den Farbeimer neu zu mischen, eine Eruption der Sinne zu illusionieren. Das Seelenleben hält sich nicht an Werteerklärungen. Der Erguss über die Ketten der Heimat schien ihm tölpelhaft, aber auch mutig. Und seltsamerweise fühlte er sich wohl in Ralfs Kneipe. Die Schlagermusik verzauberte den Dreck in Glückseligkeit und katapultierte ihn in ein anderes Jahrzehnt. Er war betäubt und betört von der anzüglichen Luft. Es war schlüpfrig, und er fühlte sich wohl. Wie konnte das geschehen? Die Atmosphäre in solchen Schwulenbars war etwas ganz Besonderes. Sie waren geschmückt wie kleine Cafés und alle waren sehr freundlich. Es vernebelte Burak das politische Denken, er ließ sich vereinnahmen von einer Suggestion. Sie diskutierten sehr lange darüber, wer Anstand definiert, und ob Menschen wie er sich überhaupt anständig verhalten könnten, wenn sie ihr Inneres leben? Dieser Ort und Anstand schlossen sich schließlich nicht aus. Burak war konservativ, aber er zeigte liberale Bekundung. Sein einfaches gesellschaftliches Weltbild war verschreckt und durcheinander von dem Bühnenstück im Halbdunkel. Er war eine technokratische Wiedergänger-Figur. Doch plötzlich verschwammen ihm alle Konturen und Geländer und er wurde emotional. Er sagte zu Eason, wie schön er es hier bei Ralf findet. Und dann tranken sie mit Ralf Bier und Korn und der erzählte Geschichten aus seinem Leben.

Burak war ein typischer Südländer: Kurze Haare, Bart, muskulös. Er passte wie die Faust aufs Auge zu den ganzen Tucken in Ralfs Bar. Normalerweise würde man vermuten, er stünde auf der anderen Seite und machte sich lustig. Seine Ablehnung gegen LSTQB Aktionen rührte aber daher, dass er fand, niemand müsse eine Monstranz vor sich hertragen. Burak hatte aber selbst viele schwule Freunde, und er hatte immer ein offenes Ohr für ihre Ängste und Nöten. Er war tolerant, aber er hasste Fanatismus. Die Bar von Ralf beherbergte auch schrille, laute Subjekte in extravaganten Kostümen. Er fand es eher amüsant. Die Extraversion passte zu Schlager. Jeder war in seinem So Sein ein Held. Wer legt fest, was die Natur wollte? Hier in der Frankfurter Unterwelt gab es Stars und Sternchen, und Typen wie Eason. Der wollte kein Schein- Star sein, und diese Bescheidenheit war sympathisch, aber seine Zurückhaltung war eigentlich das Gegenteil zur schrillen Welt. Er sah ein, dass dieser Ort jedem Image oder Etikett entkam. Die bunte Dunkelheit schluckte einfach die verschiedensten Typen und schenkte ihnen Zuneigung. Ralfs Bar war ein Ort der Gegenwelt, der funktionierte wie die Arche Noah. Benommen rauchte Burak eine Zigarette. Das war wie in einem Traum, der nie aufhört. Der Herzschmerz in Bildern und Tönen, schöne Menschen, verkleidet in ihrer zweiten

Identität. Eigentlich war es nur eine Kneipe im ältesten Haus Frankfurts. Aber sie war viel mehr als das. Sie versöhnte die Gesichter der Szene, sie war eine Insel in der Großstadt, sie war eine Philosophenschule der Gosse.

Als sie auf dem Nachhauseweg torkelnden Figuren begegneten, verflog der Zauber, der sie umgeben hatte. Es war wie der Zauber der Jugend, aber wenn die Jugend kotzt, verflüchtigt sich der Zauber und Gestank bleibt. Die Schule des Lebens ist das Leben, dachte Burak, aber sie saßen einem Drehbuch auf, das einen Zauber inszenierte. Denn eigentlich ging es nur um Triebe, und die verdammen die Subjekte zur Ohnmacht. Das war ein Zustand, der eher die Lähmung der Sinne beschrieb. Gehirnlähmung. Eason hatte das nicht ganz verstanden. Er war dem Drehbuch aufgesessen, denn er dachte, er habe sich für einen Tabubruch entschieden. Dass er verführt worden sei von einem unerfüllbaren Versprechen, bemerkte er nicht. Er fühlte sich ja nicht betrogen.

Eine gewisse Naivität unterhöhlte seine intelligente Weltbegegnung. Er war fleißig und seine Sinne waren geschärft, aber die Welt der Inszenierungen überanstrengte seine Empfindsamkeit. Das Spiel mit den vielen Rollen kannte er nicht. Auf der Wiese daheim gab es nur weiße und schwarze Schafe - und die Schule, zu der ein beschwerlicher Weg führte. Dass Männer wie Frauen auftreten, fand er paradox. Das schwarze Schaf legte sich auch nicht ein weißes Gespensterkostüm um. Er hatte genug Probleme, so zu sein, wie er war. Ein schwuler Hirtenjunge, der sich seine Sexualität vergolden ließ. Schwul, schüchtern und skrupellos waren manchmal nah beieinander, wie Spiegel, die einander entzünden. Er überlegte häufig, ob sein zweites Leben als Auf- oder Abstieg zu verstehen war. Früher wusste er, wo sein Platz im Leben war, und er wollte davor fliehen. Und heute? Er hauchte seinen Rollen Atem ein und spielte mit ihnen auf eine Art, die ihn an anderen abgestoßen hatte. Er sah sich nicht als Schauspieler, sondern als Regisseur, der Bilder von seinen Egos malte. Er stellte also keine Ausnahme dar an diesem Ort. Eason war Schafhirte, aber auch Geschäftsmann in eigener Sache. Ihn überforderte seine Sexualität, aber vor allen Dingen war das Kreisen der vielen Rollen zu viel für ihn. Manchmal vermisste er die Einfachheit seines früheren Lebens.

Wenn Eason abends im Bett lag, dachte er an die Schule in Basra. Er hatte das Nachdenken geliebt und das Lernen. Er las Romane von Paul Auster und war versunken in die Meisterwerke über Zufall. Zufall und Schicksal waren die Begleiter seines gespaltenen Daseins. Er kämpfte dagegen, er komponierte seine Zukunft minutiös. Er hatte ein Versprechen abgegeben, die Chance zu nutzen. Dass er in Frankfurt auf der Uni studieren konnte, war unermessliches Glück. Manchmal kam er sich vor wie einer dieser Schläfer, die Nerven wie Drahtseile brauchten, um die Spannung zwischen ihrem bürgerlichen Leben und ihrem mörderischen Plan auszuhalten. Seine Anstrengungsbereitschaft und sein Interesse an technischen Zusammenhängen waren immens, er studierte die Eisenbahntechnik und die Elektromobilität. Eigentlich hatte er so etwas wie die Alte Gasse gar nicht nötig. Er war versiert und geschickt. Aber er saß in Hörsälen mit 400 schwitzenden Tölpeln, die keinen Sinn für Ästhetik hatten. Sein Geheimnis konnte man als wiederholtes Davonlaufen vor den Unannehmlichkeiten des Alltags verstehen, und so hätte sich seit den Schafen nichts verändert. Nie hielt er diese Asymmetrie zwischen technischem Interesse und ästhetikfreier Umgebung lange aus. Immer war es ein Unbehagen, das ihn wahnsinnig werden ließ. Das Feinsinnige, Präzise der Zahnräder, die ineinandergreifen, konnte seinen Durst nach ganzheitlichen Harmoniebildern nicht ersetzen. Hin und wieder gefiel ihm ein Student und er imaginierte das kalte technische Flair als eine Spielwiese der Überraschungen. Dass in diesem Milieu Jungs saßen, die homosexuell waren, war eher unwahrscheinlich. Der typische Technikstudent war Proll oder verklemmt, und er wälzte heimlich Heftchen. Sinnlich war kaum einer. Menschen ohne Laster und Geheimnisse, das war eher ernüchternd. Einmal hatte er sich in Jonathan verguckt, ein Akademikersöhnchen vom Land. Mit ihm ging er essen und unterhielt sich über Philosophie. Jonathan konnte stundenlang darüber sinnieren, ob Demokratie eine gerechte Form gesellschaftlichen Zusammenlebens sei. Dabei wirkten seine Fältchen und Grübchen auf der Stirn, als wären sie aktive Wesen. Doch sie manifestierten nur den lebendigen Verstand. Jonathan hatte Augenbrauen, die die Intonation seiner Sätze mit Bewegungen verzierten. Es faszinierte Eason, wie sich die jugendliche Anstrengung beim Denken somatisierte und Jonathan unsicher wirken ließ. Die feine Ausstrahlung seiner braunen Augen entzückte Eason. Jonathan war ein schöner junger Mann, den das Leben etwas überforderte. Das machte ihn unwiderstehlich. Sein Vater war sehr reich und hatte Pläne mit ihm, aber Jonathan fuhr einen alten Polo und lebte bescheiden. Nicht, weil er Kapitalismus verabscheute, sondern weil ihn andere Dinge erfüllten. Essengehen und Weintrinken waren sein kultureller Event. Eigentlich war er ein Schöngeist. Im Technikstudium war er gelandet wegen der familiären Konvention. Doch in Wahrheit suchte er Zerstreuung, die ihm existenzialistische Literatur bot. Das Vergeistigte und Unbedarfte verlieh ihm diesen Sexappeal, den die Jugend hat, wenn sie das Leben noch kennen lernen muss. Eason genoss den Augenblick, in dem das Schüchterne seine Triebhaftigkeit heraufbeschwörte. Es konnte keine Unsittlichkeit sein wie die Alte Gasse, sondern wirkte wie ein Zauberspruch. Dann war der Restauranttisch umgeben von Tönen voller Erotik. Alles an Jonathan wurde märchenhaft. Eason war benebelt. Er genoss Jonathans Stimme und seine Gestik, die zusammen eine Melodie in seinen Sinnen ergaben. Der Hirtenjunge und der Unternehmersohn fielen überall auf. Das ungleiche Paar war bekannt in Frankfurts Gastronomie. Als hätten sich Gosse und Palast die Hand gegeben, traten sie auf als ungleiche Diskutanten. Hier die Bemühungen um Logik, dort das doppeldeutige Betrachten der

Stimmigkeit. Beim vierten Wein wurde Jonathan willig und ließ sich gehen, die Lust überkam sie in seinem Polo. Hinter Eason lagen die Schafe, vor ihm der Sternenhimmel. Dieser Augenblick entlohnte all seine Zweifel, welche Farbe der Anstand hat. Jonathan war zutiefst ehrlich, seine Welt war geordnet und das Leben ein Plan. Eigentlich war auch er ein Mensch ohne Geheimnisse. Nun waren sie vereint im Nebulösen. Eason lernte, dass all der okkulte Schein der Bankenmetropole eine Metapher für tiefere Sehnsüchte war. Das war ein Mysterium: Man lebte, egal ob archaisch oder modern, in der Metaphorik seiner Gefühle, die man wie ein Durchstechen von Nebel erst allmählich wahrnahm. Dass sein jetziges Leben Züge des Schafhütens enthält, hätte er sich nach dem langen Weg nicht träumen lassen. Vor seiner Identität konnte man nicht fliehen. Trotzdem wäre das mit Jonathan in seinem früheren Leben undenkbar gewesen. Sie waren lustvoll, aber Respekt voreinander war Gesetz. Sie betraten die Bühne wie in einem Film: Jung, hinreißend und mutig. Die Begegnungen mit Jonathan waren eine Distraktion der nächtlichen Ausschweifungen. Fast wie Kultur, rein und voller Anspruch. Sie erschienen Eason als Entschuldigung seiner Sünden - durch eine manierliche, sittliche Sünde. Sex mit einem Unternehmersohn galt fast als normal, Sex mit einem Freier nicht. So entstand ein Lügengebäude in seinem Kopf, ein Drehbuch des Anstands. Er floh in die Moderne, aber in seinem Kopf blühte der Ablasshandel.

Zurück in Ralfs Kneipe, fühlte sich Eason inspiriert, das Bizarre als Kunstform zu verpacken. Wenn die Sinne ihn täuschten, dreht er den Spieß einfach um und befahl dem Gehirn Wasser marsch. Die Kunst lag darin, das schnelle, schmutzige Geschäft als Erlösungserlebnis auszurichten. Es war in etwa wie das Literaturregal in einem Bordell, die Suggestion war das wahre Erlebnis. Pikanterweise führte dieses Vorhaben dazu, dass Menschlichkeit das Geschäft beflügelte. Und all die Familienväter, hohen Beamten und Unternehmergestalten fühlten sich weniger beschämt, wenn sie dachten, Sex mit Eason sei wie ein kulturelles Ereignis. Das Mentale entkoppelte ihn von der Vergangenheit, anders als Identität. Es war das Platinum seiner Lust. Viele Freier vermissten einen solchen Vorhang. Sie suchten nach etwas, das den unerträglichen Schmerz der Selbstverachtung dämpfte. Wer so etwas anbot, war ihr Favorit. Das gab ihnen das Gefühl, ihren sozialen Status nicht wegzuwerfen. Es war ein unermesslicher Schachzug: Eason verkaufte eine Illusion. Für einen Hirtenjungen war das ziemlich listig. Aber es war auch ehrlich und echt. Schließlich war der Schmutz eine aufgezwungene Sozialmoral. In Wirklichkeit war es ja zum Wohle beider. Das war eigentlich der wahre Stellenwert. Und dieser Hintersinn setzte eine Wertschätzung voraus. Die Selbstlüge beruhigte Eason und seine Augen verwandelten Ralfs Kneipe in eine geschmückte Health Care Station.

Am nächsten Morgen besuchte Eason ein anspruchsvolles Doktoranden-Seminar, in dem Spitzenforschung diskutiert wurde. Es war ein anderes Extrem, die Kognition war intensiver Sport nach langer Ruhephase. Den Professor kannte er aus Ralfs Bar, der charmante Mittfünfziger war der Reflexion verfallen. Detailgetreu referierte er die Akku-Forschung, beantwortete Fragen, widerlegte Kritik. Seine ruhige Art ließ niemals vermuten, dass er abends auf dem Müllhaufen der Gesellschaft wandelte. Für ihn war es nur eine andere Form der Ekstase. Eason bewunderte seine Expertise. Anders als für ihn war die Bar für den Professor wohl nur eine Nebensächlichkeit, wenn die Forschung ruhte. Doch was sie außerhalb der Zeiteinteilung in seinem Leben bedeutete, sagte nur die Klaviatur seiner Gefühle. Das Seminar thematisierte das gesamte Bild der Elektromobilität und leitete von daher gesellschaftspolitische Fragen ab. Eason hörte der Zukunft zu, während er in seinen Träumen die Vergangenheit zwischen den Schafen verklärte. Keine Steckdosen, keine Netze, keine Apps, kein Internet, keine Edelmetalle, das war so echt und puristisch, ein wahres Leben ohne Abhängigkeiten von Technik, die eigentlich Erleichterung bringen soll, aber die Leute in den Wahnsinn treibt. Fortschritt, kam es ihm da, müsste anders aussehen. Er müsste das Leben abbilden und ihm nicht entrückt sein. Eason erzählte Burak von seinen Gedanken. Ihre Kreativität wurde lebendig und sie beschlossen, ein Induktionsladesystem zu erfinden. Der Autobesitzer stellt sich auf den Parkplatz und alles andere geht wie von alleine. Das Laden, das Bezahlen, man muss sich um nichts kümmern. Ziel war, dass der Akku immer und überall lädt, wo man steht. Sie gründeten eine Tüftelbude und waren enthusiastisch über die Innovation ihrer Idee. Sie verbauten einen Akku in Buraks Wagen und bastelten einen Induktionsschlauch. Das Faszinierende an Technik ist ja, dass man alles auf einfache Gesetzmäßigkeiten zurückführen kann. Nichts und niemand nimmt dir das Drehbuch aus der Hand. Naturwissenschaftliche Gesetze gelten immer. Das war ein ganz anderes Arbeiten als in der Alten Gasse. So nutzte Eason die Erträge der flüchtigen Momente für seine Bastelbude. Er hatte es nun mit zwei Illusionen zu tun, die ihm beide die Zuversicht einhauchten, dass sein Aufderweltsein anderen das Leben entlastete. Ihre Passion wurde manisch, das Projekt wirkte auf sie wie ein Plan Gottes für die alltäglichen Verrichtungen. Sie hatten etwas Großes vor. Eason war nicht mehr getrieben von Rätselhaftem. Er war ein Architekt für das Wohlergehen der Menschheit. Darin blitzte Altruismus hervor, der dem unverhältnismäßigen Geld, das er für eine Suggestion verlangte, verzieh. Ralfs Bar und Easons Bastelbude waren beide Caritas-Stationen, mit dem Unterschied, dass man es in der Bastelbude mit Fakten zu tun hatte: Bauvorschriften, Brandschutzregeln, Beton, der nicht leitet. Dortige Illusionen liefen Gefahr, an der Realität zu scheitern. Aber Jonathans Vater glaubte an sie und besorgte ein Testareal. Wenn die Wagen in den Tiefgaragen geparkt wurden und die Hochzeit glückte, dann wurde Eason sentimental und hatte Tränen in den Augen. Seine Vision funktionierte, und Funktionieren ist das technische Wort für Erfüllung. Burak verhandelte mit Autofirmen und Stadtbauämtern, und so wechselte die nebulöse Idee ihr Gesicht: Sie verwandelte sich in Reichtum. Technische Gesetzmäßigkeiten waren seine Nahrung. Eason war entgeistert über die Entsprechung seiner Welten. Auch im naturwissenschaftlichen Feld waren Vorstellungen und Utopien das, was zählt. Die markante Stringenz Buraks war bewundernswert. Sie machte aus dem Stricher und dem Türken Unternehmer. In seinem zweiten Unternehmertum konnte sich Eason auf Erfahrung stützen: Illusionen verkaufen, das war das Geheimnis.

Burak kaufte sich teure Anzüge und genoss Annehmlichkeiten des Lebens. Eason konnte mit dem vielen Geld nichts anfangen. Er hing nach wie vor in Ralfs Bar herum. Wieder plagte ihn das Verlangen nach einem Sinn im Leben. Bestand der darin, sich Illusionen zu erschaffen? Oder darin, dass seine Liebe sich verwirklicht? Allmählich dämmerte ihm, dass der Purismus des Schafhütens näher am Leben war als die Orte der Alten Gasse. Doch das Spiel mit der geheimnisumwobenen Entität hinter der Fassade des Alltäglichen war eine Routine geworden, er war ein Bewohner der Schattenwelt. Sein Inneres dürstete nach der Obszönität des Vulgären. Es umhüllte einen mit Nebel, der das Herz öffnete, und das war bedeutender als Geld. Lange saß er auf der Eckbank in Ralfs Kneipe und dachte über sein Leben nach. Vielleicht gab es in der Unterwelt ein tiefgründiges Wohlbehagen, das sich vor seiner Wahrnehmung versteckte? Er hatte die Partitur dieses Ortes noch nicht entschlüsselt. Disharmonien waren wahrscheinlich nur Störungen, die die soziale Welt sendete. In Wirklichkeit fand man ja hier die wahren Identitäten. Das normale Leben war die Lüge, auf die man sich verständigt hatte. Eason trank Schnaps. Sein Gehirn brannte wie Feuer und die Flammen loderten in seinem Kopf. Sein Leben war ein einziger Schmerz. Er war kein Drogenjunkie, war reich und hatte einen klaren Wertekompass. Und trotzdem ging er weiter in Ralfs Kneipe anschaffen. Warum? Wie nah Suche und Sucht beieinander liegen, dieses Verhältnis stieg langsam, aber intensiv seine Nase hinauf. Es waren keine Scharlatane, die ihn mit einer Suggestion verführten, sondern er war auf andere Art ein süchtiger Junkie geworden. Er war süchtig nach der Kunstfigur, die andere in ihm sehen sollten, und dann dachte er, er sei wahrhaftig glücklich. Dieser Umstand befriedigte ihn mehr als Bündel von

Geldscheinen. Die Welt in Ralfs Kneipe war wirklich schön. Ihr Zauber war das erfüllte Ich.

Burak hatte sich ein schönes weißes Haus gekauft mit allem Schnickschnack. Eason lebte weiter in seiner Bruchbude. Träumen war ihm wichtiger als Haben. Er liebte das einfache Leben, das den Besitz verschmähte. Als Hirtenjunge bestand sein Tagesablauf aus Ritualen, derentwegen er sich der Selbsttäuschung hingab, er hätte alles unter Kontrolle. Morgens rauchte er ausgiebig Zigaretten bei einem Kaffee und Aspirin in der Stadt, mittags gab er in der Firma Unterschriften, abends war er Stricher mit Löchern in den Jeans. Kein Besitz, keine Verpflichtungen, keine Konventionen. Er genoss die Freiheit in vollen Zügen. Man wollte ihm Anlageobjekte andrehen und Autos, aber Eason lachte sie aus. Ich bin schon süchtig, rief er ihnen hinterher. Zu was wollt ihr einen Süchtigen verführen? Er fühlte sich dann, als würden Gott und Teufel in seiner Brust aufeinander einschlagen. Man hätte auch sagen können, Eason versuchte, sein Leben auszuhalten.

Besitz oder Ruhm, diese angedichteten Dinge konnten nicht repräsentieren, was er war. Sie wären Lügen, die Märchen von Helden und Aufsteigern vergoldeten. Eigentlich bestand seine Identität nur aus Gefühlen, die Feuer fingen oder erstickten. Die Flammen loderten in seinem Kopf, die Asche lähmte seinen Elan. Er fühlte sich ausgelaugt, als würden Gott und Teufel in seiner Brust kämpfen. Vielleicht war das soziale Leben der eigentliche Schwindel. Besitz, Erfolg, Karriere, das war nicht der Kern seines Inderweltseins. Wenn Eason in Ralfs Kneipe saß, wollte er nur sein Leben aushalten und suchte Wahrhaftigkeit. Das machte ihn aus. Er war wie Sein und Zeit, das Werk Heideggers mit der ungegenständlichen Sprache, die Ausgeglichenheit herbeisehnte. Eason rauchte eine Zigarette und blies den Rauch in den Raum. Der Nebel öffnete sein Herz. Einzig der Ort des Schmutzigen hatte einen Zugang zu seinem Inneren. Hier fand seine Daseinsform Wohlbehagen.

Eason war sein Tor zur Seele trotzdem peinlich. Er war ja eigentlich Unternehmer, aber er benahm sich wie ein Teenager, der vom Leben fasziniert und überfordert zugleich ist. Er war reich, hatte aber die Aura eines Schnorrers. Diese zwei Seiten waren Erfahrungen, die das Leben in sein Gesicht geschrieben hatte. Er wäre nicht durchgegangen als Reihenhausbesitzer oder Kulturgänger. Sein Zaubertrank lag hinter der Fassade dieser Stadt. Er war geronnen aus dem Schlamm der Unterwelt, aus dem schemenhaft inkarnierte Emotionen emporstiegen, nebulös und verschwommen. Hier fand sein Inneres Ich

Zerstreuung und Halt. Es war eine dadaistische Szene, unwirklich, aber treu, sie brachte seine Seele zum Glühen. Wenn nicht der Uringeruch in seinem Gedächtnis anfing zu stinken, hätte er wirklich daran geglaubt. Ein Unternehmer zu sein, wäre in seinen Augen eine Stigmatisierung. Einen Stricher in der Krawallschachte konnte man gar nicht mehr stigmatisieren. Er musste die hoffnungsloseste Existenz in dieser Stadt sein. Er stand jenseits des vorstellbaren Wertekanons und war deshalb frei von jeder menschlichen Überheblichkeit. Er war ein Gespenst, das in der Gosse hauste, er schwebte ohne Existenz durch die Schenken der verlorenen Seelen. Soziale Kategorien zerplatzten an seinem sphinxhaften Wesen. Er war ein Niemand geblieben, und das machte ihn zufrieden.

Einmal tauchte in Ralfs Bar ein Herr aus der Upperclass auf. Er spielte eine überlegene Moral und dachte, alles sei käuflich. Da drückte ihm Eason 500 Euro in die Hand und sagte, er solle gehen. Das Denken in sozialen Hierarchien war an diesem Ort eine Unmöglichkeit. Wie der neblige Duft einer Zigarette, der dem Nachbarn zeigen soll, dass man die Brieftasche nicht mehr sehen kann. Jonathan hatte solche Allüren nie. Er verstand es, Intellektualität zu leben, und jetzt führte er die Geschäfte des Unternehmens. Sein jungenhafter Charme verlieh der Idee ein ehrliches Gesicht. Das Produkt war ein Konzept für Mobilität, die moderne Welt und ein Lebensgefühl in einem. Und es war eine konkrete Alltäglichkeit. Der reiche, aber bescheidene Unternehmersohn hatte einen unprätentiösen Charakter. Er verknüpfte die geniale Idee mit einem Hauch von Intellektualität. Perfekt sezierte er die Schöpferkraft, mit der das Produkt brillierte. Jonathan war der beste Promoter, weil er Promotion ohne jede

Werbung betrieb. Er versprühte seine eigene Faszination, deren Theoriebezug weit davon entfernt war, unsolide zu wirken. Und er trug immer schwarze Designeranzüge. Das war der existenzialistische Hauch in einem nüchternen Technikbusiness. Die Leute visionierten Bilder von ausdrucksstarken Menschen in schönen Autos, die funktionierten. Es war eigentlich, als verkaufe er Schafe. Auch da waren die Potenz und das Aussehen verfängliche Maße, die den Geschmack verzierten.

Die Kasse von Eason war dank Jonathan gut bestückt. Er erfüllte sich einen Traum und kaufte die Krowollschachtel. Eigentlich kaufte er eine Welt, aber nicht, weil er Besitz, sondern Sicherheit haben wollte. Er steckte mit dem Scheck sozusagen eine Fixiernadel in die Unterwelt. Er wollte die Zeit anhalten. Die Vergänglichkeit stoppen. Er rettete eine Welt der Verzückung in die Moderne. Das war nicht aufkaufen, sondern bewahren. Doch sein tatsächliches Bedürfnis bestand darin, sich seiner existenziellen Symbiose mit der Realität einer gelebten Lebenserfahrung zu vergewissern. Er suchte nach Selbstbestätigung, er wollte aus der Virtualität in seinem Herz einen Fakt machen. Natürlich blieb Ralf der Pächter. Einen Seemann mit Erfahrung lässt man nicht einfach gehen. Und so wurde Ralfs Bar im wahrsten Wortsinn sein Wohnzimmer.

Eason half häufig hinter dem Tresen aus. Er gab den Verlorenen Hoffnung und genoss das hingerissene Geplauder. Das Mittendrinsein war ein noch intensiveres Eintauchen als das Beobachten. Man gestaltete durch seine Teilnahme das Wundersame und Verruchte mit. Eason war sehr bemüht, den verlorenen Seelen ein Zuhause zu geben, einen Ort, an dem sie spürten, dass man nett zu Ihnen ist und zugewandt. Dass auch die am tiefsten gefallenen Gestalten Wertschätzung verdient haben. Dass die Welt der schummrigen Glitzerbars eine Heimat sein kann. Eason empfand es erstaunlicherweise wie Schafhüten. Diese Leute hatten alle sehr gute Berufe. Keiner war in irgendeiner Weise mittellos. Aber die Tragik des Lebens machte sie zu Heimatlosen und Vagabunden. Ihre Melancholie war sein Auftrag. Zum Beispiel war einer der Stammgäste von Eason Erich. Erich war Mitte 70, er konnte seine Neigungen sein ganzes Leben nicht leben, erst das Dritte Reich, dann der §175. So wurde aus dem Familienvater und erfolgreichen Kaufmann eine gebrochene Gestalt, deren Lebenselixier der käufliche Sex blieb. Erstaunlicherweise widerfuhr ihm hier Ehrlichkeit, mehr als in seinem bürgerlichen Leben. Erich hatte eine starke Aura. Er war belesen und weltoffen. Seine liberale Attitüde verachtete den Kleingeist. Sein existentialistisches Auftreten machte ihn unnahbar und geheimnisvoll. Erich war so etwas wie ein Patriarch der Szene, freundlich und würdevoll, immer fair und großzügig. Das Gefühl, etwas Verbotenes zu tun, verließ ihn sein ganzes Leben nicht, und er blieb eine Schattengestalt, die vor ihrem eigenen Ich auf der Flucht war. Eason liebte seine aufrichtige Art, und so kam es, dass sie gemeinsam Theateraufführungen besuchten und essen gingen. Es waren Zeiten voller Magie. Sie deuteten beim Wein die Rollen und sahen sich tief in die Augen. Sie lachten und verstanden sich ohne Worte. Erich war charmant und tiefsinnig. Er hatte psychologische Kenntnisse und war kulturell versiert. Eines Tages wurde es Erich aber zu intim. Er konnte es nicht ertragen, dass jemand seinem Ich näher kam als er. Und so zog er das schummrige Kolorit seinen Expeditionen vor. Dort wähnte er sich in einer anderen

Sphäre, und das beruhigte sein Gemüt. Für Eason war Erich eine väterliche Vertrauensfigur, stark und weise. Doch eigentlich hat das Leben ihn verunsichert wie einen verschüchterten Kater. Erich war Vertreter für Gartenmöbel und nicht auf den Mund gefallen. Aber die Kriminalisierung seiner Gefühle war eine Demütigung. Er war nicht mehr eins mit sich, sein Kompass für das Richtige war verrutscht. So parkte er seinen Mercedes in der Alten Gasse und tigerte rastlos umher, ohne Ziel, ohne klaren Willen. Erich war ein irritiertes und verwirrtes Gemüt. Aber seine Ausstrahlung schien unverändert wirksam, sodass sie hin und wieder Sex hatten. Er war so leidenschaftlich, als dürstete er Jahrhunderte nach seinem Verlangen. Der Gartenmöbel-Millionär und der reiche Stricher wollten beide dem Gewöhnlichen entrinnen, ohne ihre Sicherheit aufs Spiel zu setzen.

Das waren die Hilfsaktionen von Eason. Die Tage verbrachte er mit Kaffeetrinken und Rauchen, der Uringestank der Großstadt verschüchterte die Illusion, ein erfolgreicher Artist zu sein. Er beobachtete das Getriebe der Stadt, all die Beschäftigten, die ihre Emotionen nicht wahrhaben wollten und sich dem Strom verschrieben, der Erfolg verhieß, ihnen aber die Freiheit raubte. Er fühlte sich dann wie ein Außenseiter oder Eigenbrötler. Es war ein Gefühl, als habe er seinen Flüchtlingstraum verfehlt, aber die erreichte Freiheit war wertvoller als all das gewöhnliche Erfolgsleben. Sein Reich in der Krowollschachtel war wie Exzentrik im grauen Kapitalismus, die Maßstäbe für Erfolg waren seltsam anders. Es war harte Beziehungsarbeit, eine Kunst, die vielen zu anstrengend war, die nur an das Geld dachten. Doch auch die Kriterien für Beziehung waren andere als die, die man aus dem normalen Leben kennt, anspruchsvoller, ambivalenter.

Am Abgrund der Großstadt fand Eason seine Bestimmung. Leute wie Erich und Jonathan waren sein Volk, die Krowollschachtel war seine Arche. Alle Insassen waren feinsinnige Menschen, Grobschlächtigkeit hatte keiner an sich. Ihre verkümmerten Gefühle machten sie zu in sich gekehrten Menschen, die vom Leben enttäuscht waren und ihrer Sehnsucht folgten. Hier brauchten sie sich nicht mehr verstecken und sich vor der Verachtung ducken. Sie konnten so sein, wie sie waren, Verzweifelte und Entmutigte, deren Inneres inständig überleben wollte. Sie brauchten ein Seelenbad, keine Abwechslung und kein Abenteuer. Eason hatte das verstanden, Die Krowollschachtel war ein Massagestudio für die Seele.

In der Alten Gasse war Ralfs Kneipe eine Oase zwischen den ganzen Stricher Bars, in denen es nur um die schnelle Erleichterung ging. Es war ein Ort zum Verweilen, urig und der Zeit entrückt, mit altmodischen Werten von Begegnung und Vertrauen, mit Verständnis für das menschliche Elend, für das Verderben. Ein Ort, an dem das Innere sich nach außen kehrt und das Versteckspiel überflüssig wird, auch wenn die Meisten einfach ein Image weiter spielten, weil sie glaubten, dass Verurteilung überall sei. Aber wenn Ralf und Eason hinter dem Tresen standen, stiegen Wolken auf, die das Banner der Toleranz trugen. Sich spielen musste hier keiner, das Volk der Arche war bunt und exzentrisch.

Eines Tages waren Easons Freunde aus seinem Dorf in der Bar aufgetaucht und machten ihm Vorwürfe. Sie hatten nicht verstanden, dass weder religiöse noch gesellschaftliche Protokolle an diesem Ort irgendeine Autorität hatten, und dass die Menschlichkeit gerade deswegen Beherzigung und Verbindlichkeit erfuhr. Sie kamen mit Normativen, die an der Toleranz nur abprallten. Und sie begriffen nicht, dass Gefühle keinen Konventionen folgen und Freiheit der Wert des Westens war, nicht Reichtum. Ihre Tradition war eine Fessel ihres Denkens, die ihnen Zugänge zu dieser Welt verbauten. Eine andere Glaubenslehre war nicht in ihrem Horizont. Engstirnigkeit ließ sie missverstehen, was Bedürfnisse der Reglementierbarkeit entzieht. Sie hatten Vorstellungen von Anstand, als wären ihre archaischen Bilder von Leben universal. Eason hatte da bereits sehr philosophische Positionen verinnerlicht. Er fragte nach der Legitimation ihrer Urteile und relativierte ihre Autoritätsgemälde. Er war durch und durch ein Kind dieser Welt geworden. Er schmälerte Maßstäbe der konventionellen Gesellschaft und lachte über ihre Grenzen. Anstand und menschliches Innenleben waren für ihn untrennbar geworden. Seine Überzeugungen waren ein Archipel seiner Sozialisation. Verstört zogen die Freunde davon. Sie hatten nicht damit gerechnet, dass ihren Vorhaltungen ein robustes Wertesystem entgegengehalten wurde. Das machte Ralfs Bar aus: Sie war ein Ort mit einem Wertesystem, seine Religion war die unbedingte Freiheit.

Deswegen kamen sie alle, die Figuren, die tagein tagaus in ihren Rollen gefangen waren und Stärke spielten: Richter, Unternehmer, Professoren, Finanzbeamte. Gestandene Mitglieder der Gesellschaft, doch in ihrem Inneren herrschten Chaos und Unsicherheit. Sie suchten Erfüllung jenseits von Rolle, Reputation und Besitz. Einer von ihnen war Johann. Der Richter galt als gnadenlos, verhängte harte Strafen. Abends bewunderte er die Welt seiner Angeklagten, das Unanständige, Anstandsverbotene, das Spiel mit dem Feuer, der Gegenpart zu seinem langweiligen Alltag. Sie waren unbeholfen und unsicher, sie fühlten sich ohnmächtig und ergriffen gegenüber dem Reiz, der Attraktion. Johann erregte der Sadomasochismus. Erniedrigung war sein Fanatismus, ein Rollentausch, eine Begierde, jemand anderes zu sein, für einen Moment Unterwerfung, unter die Individuen der diffusen, schattenhaften Welt, unter schwammige Gesichter eines unbenannten Syndikats. Das erregte den Richter, die Kontrolle abgeben, wo sonst immer er entscheidet, über Gesetze, die hier nicht gelten. Die Anarchie war seine Suggestion, denn natürlich galten hier Gesetze. Nur nicht die des Rechtsstaats. Wie schnell man seine soziale Identität verliert, wenn man in diese Welt eintaucht, war sein besonderer Kick. Er war einer dieser Grenzgänger der Welten, der seine Metamorphose besonders genoss, und danach bestaunte. Denn natürlich wollten sie alle das nicht verlieren, dessen sie überdrüssig waren: Ihre Rolle. Johann war dann charmant, er konnte die Freundlichkeit des schmutzigen Ortes adaptieren, als sei dies sein Garten. Wie sie alle die Nettikette bewahrten am anzüglichen Ort, war irgendwie skurril. Sie dachten, sie müssten dieser Welt den anerzogenen Anstand implantieren. Aber eigentlich war es Ausdruck ihrer Unsicherheit, der sie entrinnen wollten. Eason begegnete Abtrünnigen wie Johann mit Verständnis. Er gab ihnen das Gefühl, dass sie das Richtige für ihre Seele taten. Sie waren keine Verlorenen. Sie brauchten Chancen, Zugang zu ihrem Inneren zu finden. Es war wie Gießen verwelkter Blumen, die zu einer schönen Pracht mutierten. Diese Arbeit war so viel bedeutsamer als das Verkaufen eines Technikprodukts. Es war sein Kynismus. Am Ort des Abgrunds stand die Menschlichkeit im Mittelpunkt.

Eason war die Kontrolle etwas entglitten. Er ließ sich treiben von der betäubenden Atmosphäre, es war, als gehörten die Sinne nicht mehr ihm. Seine Gäste merkten davon nichts, aber nachts heulte er in sich hinein. Er war ein wenig unglücklich über seine fehlende bürgerliche Existenz. Es war, als gebe es nur seinen Schatten und als läge über dem bunten Strauß ein grauer Schleier. Es fehlte ein Anker, ein Boden, auf dem man immer landen kann, egal wie man sich fühlt. Nur schweben auf Wolken war schön, aber ohne Substanz. Er vermisste so etwas wie die Klarheit des Schafhütens, ohne doppelte Ebenen, ohne eine erlogene Moral. Eason konnte seinem Flüchtlingstraum emotional nicht entkommen. Die Religion, die Werte der Heimat, all das war tief in ihm verwurzelt. Er hatte nur Farbe darauf gepinselt und weidete sich an dem neuen Anblick. Mitten in der Nacht saß er lange wach und dachte über sein Leben nach. Ein Hirtenjunge, dem ein Unternehmen und eine Schwulenbar gehörten und der nach wie vor nach Sinn suchte, weil er sich dem Gefühl nicht entziehen konnte, dass er nur Oberflächen hinterher lief. Die Flammen seiner Jugend waren nie erloschen, das Geordnete blieb ein daseinsbedingender Unterbau seiner Gefühlswelt. In Wahrheit war auch der reiche Stricher immer noch ein Hirtenjunge, geerdet, schwarze und weiße Schafe, aus einer Welt, in der die Erscheinungen das waren, was sie sind. Er konnte es nicht fassen, wie ihm der Horizont verrutscht ist, und sein Herz verspürte das Bedürfnis nach Einfachheit, aber sein Gemüt wollte die Glitzerwelt der schummrigen Bar. Das Geheimnisvolle war eine Verheißung, dass es da etwas gab, das er nur noch nicht entdeckt habe, etwas Seligmachendes, Erlösendes, Okkultes. Vielleicht war das auch eine Lüge, genauso wie die Rolle der sozialen Welt. Eason wusste nicht mehr weiter. Seine Sehnsucht nach Wurzeln und seine Sucht nach einer anderen Welt führten Krieg in seinem Körper. Erich hatte ihm gesagt, er solle auf sein Herz hören, was ihn erfülle. Doch beides war auf ganz verschiedene Weise Träger und Gestell seines Daseins, und so blieb es eine Entscheidung, wie biographisch sein Leben sein sollte. Eason entschied sich gegen den Determinismus und für sein Wahlleben. Auf eine gewisse Art war das auch konservativ und bequem, es ermöglichte ihm Begegnungen, und das malte seinen Entschluss in bunten Farben. Er war zufrieden mit der Entscheidung für das lebendige und gegen das monumentale Leben. Abende mit Jonathan oder Erich erfüllten ihn, es war die Entschädigung des Moments und die Depression verflog. Und trotzdem quälte ihn ein Gefühl der Einsamkeit, das er beim Schafehüten nie hatte. Dort war es der Purismus, das Inderschöpfungsein, das einen emotional stark machte. Purismus gab es in der Alten Gasse nicht, dort herrschte Hedonismus, verpackt als Verzückung. Sie bediente das emotionale Verlangen, aber sie formte nicht den Charakter. Fast tönte ein Kampf, Tiefsinn gegen Oberflächlichkeit, aber das stimmte nicht. Die Bar war kein oberflächlicher Ort. Sie war die Stätte der Wahrheit unseres Innenlebens, und das war genauso durchgreifend und lebensnotwendig wie Sozialisation. So drehten sich in Easons Kopf die Sinnfragen im Kreis, und er kam nicht weiter, sondern wurde rastlos. Die Nächte verflogen, und der Aschenbecher füllte sich, als bewahre er die Glut seines Lebens. Oft klingelte es, und Erich stand vor der Tür. Dann redeten sie über all das, und das Morgengrauen unterbrach ihre Phantasie.

Johann war einer der Menschen, für die dieser Gegensatz seiner Welten explosiv sein musste. Als Richter repräsentierten für ihn Gesetze das Richtige, aber sein Herz sagte ihm, dass es keinen Straßenverkehr der Gefühle gibt, und dass sie keine Maßgabe für menschliche Sehnsüchte sind. Ratio ist keine Intuition, und seine Emotionen entzogen sich dem Rechtsgerüst. Was sollte ihm jetzt noch Halt im Leben geben können? Wenn das vermeintlich Normative seine Autorität verliert, gewinnen konturlose Schemen an Stärke, und der Wildwuchs nimmt Fahrt auf. In diesem Mutualismus der Emotionen verflog seine Souveränität und er wurde seines Subjektseins beraubt. Kategorien wie Rechtschaffenheit waren in der Alten Gasse machtlos, es kam ihm vor wie eine Mischung aus Adonis und der lüsternen Rache des Jüngsten Gerichts, er wurde manisch und verlor die Orientierung. Johann war dann eine tragische Skulptur, die nach ihrem Verstand schrie, wo die Obsession regierte. Sein Glaube war verloren, seine Passion erwachte zum Leben. Was ist wichtiger für das eigene Sein? Wo Hingabe und Neigung ein Duell in seinem Körper fochten, ging es nicht um Gier. Es ging um Demut gegenüber Sphären, die mächtiger sein können als unsere geglaubte Identität. Johann war trotzdem authentisch und rein, er spielte keine Doppelmoral. Er war beides, das eine und das andere. Er war ein Weltengänger mit Format. Solche Figuren hielten Eason über Wasser, denn sie füllten das Nichts hinter dem Nebel mit Bedeutsamkeit. Seine geglaubten Werte hatten zwar keine Autorität, aber sie prägten diesen Ort: Menschenwürde, Individualität, das Naturrecht, der Gesellschaftsvertrag. Keine Institutionalisierungen, sondern Haltungen. Dies nahm Johann mit über die Grenze, und erschuf eine Atmosphäre, in der diese Haltungen gelebt wurden. Und so war die Schattenwelt in Wahrheit eine Repräsentanz der Zivilisation. Keiner musste sich schämen, weil er Werte mit Füßen treten würde. Johann war also auch hier ein Richter, er schuf Bewusstsein dafür, welcher Habitus die Arche überleben ließ. Er war der Manager der Haltungen. Sanktionen waren ihm fremd in diesem Milieu.

Solche Figuren wie Johann waren Easons Lebenselixier. Er war so etwas wie das Kopfkissen ihrer Träume. Die Häuserfassaden zeigten Normalität. Sie gaben das Bild einer geordneten Welt ab. Eigentlich waren sie wie die Menschen, die durch die Türe gingen: Man konnte die Geschichten in ihrem Inneren nur entdecken, wenn man ein Gespür für das Schlummernde, Unmerkliche hatte, für die abseitigen Narrative des Lebens. Biographien wurden hier nicht geschrieben, weil es keine Kohärenz gab, weder der Orte noch der Figuren dort. Was hier geschah, war antibiographisch, wie Farbkleckse auf Ölgemälden. Disharmonien lagen außerhalb des Willens, konstruiert zu werden. Man konnte seine Erfahrungen dort nicht verorten, sie blieben flüchtig, aber trotzdem latent einschneidend, sodass sich Erinnerungen darauf niederschlagen konnten. Es war lebensgeschichtlich, ohne biografisch zu sein. Dieser Irrwitz lag immer in der Luft, alle wussten darum, etwas zu erleben, das fernab ihrer Biographie existierte. Das Unheimliche machte die Sache erträglicher, ohne eine Verleugnung zu sein. Hier wurden Biographien geschrieben, die es gar nicht gab, Schattenbiographien, die außerhalb des Lebenslaufs Wirkung entfalteten. Sie formten das Ich jenseits der Sozialisation, sie waren die zweite Sozialisation eines Lebens. Eason tröstete sich damit, dass so etwas wie sein Flüchtlingsschicksal auch in der anderen Welt Menschen umtrieb, die gar keine Flüchtlinge waren, obwohl sich Flucht als eine ihrer Daseinsformen äußerte. Es war kein Getriebensein, sondern eine prägende Erkundung der eigenen Bedürfnisse. Diese konnten keine Station in einer Auflistung sein, sondern mussten stetig neu definiert und verkraftet werden. Das war Identitäts*arbeit*, eine ongoing activity. Sie war lebensrelevant. Es war wie Flüchten aus der Heimat, ohne das Ich aufzugeben. Menschen wie Johann oder Erich betrieben Enkulturation in einer unbekannten Welt. Diese Leistung verhöhnten alle, die nur von einem schmutzigen, entglittenen Milieu sprachen. Sie nahmen die äußeren Bilder als Anlass ihrer Urteile, und verkannten die kolossalen Bemühungen der Figuren nach Deckungsgleichheit ihrer Existenzformen. Sie beäugten sie, als wären es verschüchterte Eichhörnchen, die den Scheinwerfer scheuten, und keine Individuen bei der Arbeit am eigenen Ich. Easons Bar war nicht nur eine Philosophenschule der Gosse. Sie war eine lebendig gewordene Therapiecouch. Man konnte es gar nicht geringschätzen, was dort *wirklich* geschah. Nach außen hin gingen viele schwarze Schafe ein und aus, aber das war nur ihre sichtbare Wolle. Eigentlich erblühte sie in vielen Farben und kroch selbst aus der Schublade, in die man sie gesteckt hatte. Dass es keine Schubladen für undefinierbare Farben gab, war ihre Befreiung aus den Binärgefängnissen dieser Welt. Sie entzog sich gängigen Kategorien. Nur deswegen widerfuhr ihr Geringschätzung. Aber in Wirklichkeit war sie die Artikulation von Mut und Wagnis, eine selbstidentische Biographie zu erschaffen, die mehr sein kann als ein Curriculum Vitae. Und dies war eine gewaltige Lebensaufgabe, die Respekt verdiente. Eason und seine Gäste einte diese Herausforderung.

Aus diesem Blickwinkel war Easons Arbeit unschätzbar wertvoll. Man konnte sie nicht einordnen in irgendeine Wertschöpfungskette. Ihr Wert war unterschwellig, aber impulsiv. Jonathan wusste darum und zollte Eason Respekt. Er zahlte regelmäßig Rechnungen der Krowollschachtel als ein Zeichen seiner Anerkennung. Es war ihm ein Anliegen zu zeigen, dass die gesellschaftlichen Fesseln der Konventionen überwunden werden können, durch die Beachtung der nichtmateriellen Lebensleistung aller Schattenfiguren. Eason hatte in Jonathan einen weltoffenen Freund gefunden, der das verstanden hatte. Burak hingegen fuhr Porsche und verachtete den Schmutz. Er war abgebogen, bevor sich sein Herz öffnen konnte und Augen bekam. Er genoss die Annehmlichkeiten seines Lebens, aber Wahrhaftigkeit blieb eine Leerstelle seiner Daseinsform. So war der Flüchtling aus dem Irak ein Sozialarbeiter, der zum Seelenkünstler wurde. Sein Leben und seine Arbeit in Frankfurts Unterwelt waren untrennbar miteinander verbunden, es floss dasselbe Blut in ihren Adern und weder Religion noch Sozialisation konnten sie trennen. Gemeinsamkeit statt Konfrontation war eine Losung, die den irakischen Flüchtling erscheinen ließ, als habe er Lehren aus der deutschen Geschichte gezogen, die er gar nicht kannte. Er war so erfahren, was das Leben anging, dass er Ralfs Bar zu einem Magnet der Sehnsüchtigen werden ließ. Das war sein Lebenswerk. Es leuchtete ganz ohne Zahlen.